ON AIR

내 마음과 꼭 닮은 그림 라디오

나의 빈칸을 채워줄래요?

배성태 지음

중앙books

여기서 소개되는 사연은
모두 여러분의 이야기입니다.
그림의 빈칸에
너와 나의 추억을 가득 담아보세요.

DJ *grim_b*

ON AIR

오전의 라디오 004P
우리의 시작

정오의 라디오 082P
바쁘고 벅찬 시간을 당신과 함께

저녁의 라디오 164P
제각각이지만 각자의 색으로 빛나는 우리의 순간들

심야의 라디오 218P
당신이 생각나는 밤입니다

오전의 라디오

우리의 시작

햇빛이 가득한 거실에서 오늘 당신과 나,

무엇을 할까요?

오늘의 사연
Andy Lee 님

여자친구와 저는 바닥에 누워 있는 것을
좋아해요! 스트레스 받을 때 집에서 함께
뒹굴뒹굴하는 게 그렇게 편하고 좋았어요.
지금은 제가 미국에서 유학 중이라 만나지
못하지만, 요즘도 여자친구와 누워서 이야기
나누던 그 시간이 그리워요.

예전에는 몰랐는데 같이 빈둥대는
것만큼 호사스러운 일이 없더라고요.
하루 종일 아무것도 하지 않아도 되는 그
시간, 서로를 바라보는 일밖에 한 게 없는
기억인데 자꾸만 떠오르죠. 얼른 시간이
흘러 두 분이 같이 누워 시간을 보낼 수
있길 바랍니다.

옷장 속 해진 옷을 꺼내어 입고 뒹굴거리고,

냉장고에 있는 음식으로만 배를 채워도,

그저 마음이 든든하고 따듯한 날이 있습니다.

당신과 하루 종일 함께하는 바로 오늘 같은 날.

그 사람의 향기를 기억하나요?

엮어가는 힘을 디자인

라미보 님

저는 향에 민감한 편이에요.
스위스에서 지낼 때 만났던
남자친구의 섬유유연제
향이 아직도 생각이 나요.
다른 향수를 뿌리지 않아도
세탁 후에 느껴지는 포근한
향기가 좋았죠. 항상 같이
섬유유연제를 사러 가곤
했어요. 제가 먼저 귀국하게
됐을 때 남자친구가 제게
섬유유연제를 깜짝 선물로
줬던 추억이 떠오르네요.

저도 예전에 좋아하던 사람에게 나는 냄새가 너무 좋아서 대체
어떻게 이런 좋은 냄새가 사람에게 나는 걸까 생각했어요.
그 사람과 결혼하고 보니 섬유유연제가 많이 도와준
거더라고요. ㅋㅋ

연인이 헤어진 후 가장 그리워지는 게

서로의 체취라고 해요.

당신과의 만남이 늘 좋은 향으로 남아 있기를.

 오늘의 사연
조정화 님

늘 설렘을 잊지 않는
연애를 하고 싶어요.
서로가 너무 편해져도요.

때론 너무 익숙해서 소중한 걸 잊을 때가 많죠. 연애의
함정이란 그런 것이죠. 없을 땐 너무나 그립다가도 늘
함께할 때는 익숙해져서 서로를 지겹게 여길 때도 있고요.
함께하는 시간 그 자체의 소중함을 아는 사람이 좋은
사랑을 할 수 있는 것 아닐까요?

모든 것은

마음먹기 나름이랬어요.

너
오
늘
제
일
멋
졌
어.

 톰과제리 님

이 그림을 보니 부모님께 처음
인사드린 남자친구를 배웅해주는 길이
생각났어요. 긴장되는 만남 이후 몇
시간이 정신없이 지나가 이미 넋이
나가버린 남자친구. 그리고 그런
남자친구를 너무나도 사랑스럽게
바라보는 내 모습….

저도 아버님, 어머님께
아내와의 결혼 허락을 구할
때 얼마나 긴장하고 떨렸는지
몰라요. 톰과제리 님의 사연을
보니 그때의 우리가 생각이
나네요.

너는 늘 멋졌고

앞으로도 늘 멋있을 거야.

둘이서 시작하는 하루,
어떠세요?

소리로 채워지는 공간

오늘의 사연
김희연 님

안녕하세요? 결혼한 지 19일 된
신혼부부예요. 그림을 보자마자
너무너무 저희 부부와 똑같은 것 같아서
용기를 내봤습니다.
저는 학생이고, 남편은 군인이라 둘 다
바쁘지만 저는 시험이 잦은 의대생이라
거의 집안일에 신경을 못 써요. 저희
집에는 아침에 알람이 두 개 울리는데,
하나는 남편이 아침을 준비하려고
울리는 알람, 두 번째는 20분 뒤에 제가
일어나는 알람이에요. 제가 뒤늦게
일어나서 뭐라도 도울 거 없나 살펴보면
남편이 이미 다 아침을 준비해놨고,
저는 그냥 눈곱만 떼고 앉아서 먹으면
된답니다.

결혼한 지 아직 한 달도 채 되지 않으셨네요! 저희는 이제 1년이
조금 더 지났는데 언제 이렇게 시간이 가는지 모르겠어요. 두근두근
신혼생활은 어떤가요? 늘 꿈꾸던 생활이신가요? 결혼 정말
축하드리고 늘 신혼처럼 행복하게 지내시길 바라요. ㅎㅎ

가장 좋아하는 사람과

함께 아침을 맞고

함께 첫 끼를 먹는다는 것

상상만 해도 벅찬,

그런 아침.

네가 세상에서 가장 가벼워.

오늘의 사연
윤현서 님

운동을 좋아하는 남편은 매일
헬스장을 가는데 가끔 기다리기
너무 심심해서 빨리 오라고
재촉하면 집에 와서 팔굽혀펴기를
해요. 그럴 때 제가 남편 등에
앉아서 "나 무겁지?" 하면
하나도 무겁지 않은 척을 하지만
힘들어하는 게 눈에 보여요. ㅎㅎ
그림을 보니 꼭 제가 평소에 남편을
대하는 모습 같네요. 아, 저희는
고양이 대신 강아지를 키운답니다.

저도 운동하는 걸 참 좋아했답니다. 매 끼니에
지겨울 정도로 닭가슴살이 올라왔죠. 아마도 제
인생에서 가장 울퉁불퉁했던 그땐 아내를 등에
태운 채로 팔굽혀펴기도 했죠. 그런데 결혼하고 딱
3개월 가더군요. 울퉁불퉁하던 팔과 배는 어느새
아내가 제일 좋아하는 포근한 살로 매끈하게
덮여버렸어요. 운동이 일상이던 때는 몰랐는데
배가 나와도, 팔이 둥글둥글해져도 그 모습을
사랑해주는 사람이 있으니 괜찮더라고요. 지금은
제 이런 모습이 더 좋습니다.

올리브,

늘 너를 위한 뽀빠이가 되고 싶어.

마트에서 싸워본 적 있나요?

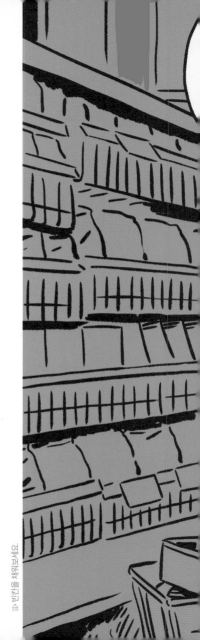

오늘의 사연
열매 님

안녕하세요. 이 그림을 보자마자
저희 커플이 생각났어요. 저는
남자친구랑 마트 가서 장 보는 것을
좋아해요. 하지만 제 남자친구는
저랑 마트 가는 걸 좋아하지
않는답니다. 왜냐면 가기 전에는
분명히 살 걸 정하고 가는데, 막상
마트를 가면 이것도 구경하고,
저것도 구경하고, 또 이걸 보면
사야 하고, 저걸 보면 사게 돼서
남자친구가 아주아주 싫어해요.
하지만 퇴근 후 남자친구와 저녁을
먹고, 마트에 구경하러 오는 것을
여전히 좋아하지요. 생각난 김에
이번 주에 남자친구에게 마트에
가자고 해야겠어요.;)

ㅋㅋ 사연이 매우, 아주, 정말 공감 가네요. 오늘은 꼭 하나만 사서
나와야겠다, 하고 작은 바구니를 들고 가면 얼마 후에 가득 찬
바구니를 끙끙 들고 와서 카트로 바꾸는 저를 발견합니다. 저도
장 보는 걸 유독 좋아해서 먼저 장을 보고 아내와 시간을 맞춰요.
"퇴근하고 바로 마트로 와"하면 장을 다 볼 때쯤 딱 아내가
나타납니다. 과자 두 봉지 손에 들고요.

오늘 저녁은 뭐 먹을까?

영화처럼 음악처럼

제 남자친구는 항해사입니다. 남자친구가 한 번 배를
타면 6~10개월 정도 퇴근을 못하기 때문에 저희는
그 시간 동안 만나지도 못하고 떨어져 지내야만 해요.
그래서 연애는 122일째지만, 남자친구가 승선한
지는 109일째, 결국 13일밖에 만나지 못하고 떨어져
지내야 했습니다. 남자친구는 한창 알콩달콩 연애할
시기에 떨어져 지내야 하는 것에 항상 미안해합니다.
그럴 때마다 전 '괜찮다. 이것마저 연애고 지금도
충분히 알콩달콩하고 난 좋다' 며 위로를 합니다.
저는 저보다 성숙한 남자친구의 모습에서 많은
것을 배우고 알아갑니다. 무엇보다 남부럽지 않은
사랑을 받고 있지요. 가족과 친구, 애인과 떨어져서
홀로 망망대해를 건너고 다니며 육지 한 번 밟지
못하고, 요즘 잦은 입출항으로 일이 바빠 잠도 부족한
남자친구에게 색다른 방법으로 감동을 주고 싶었어요.
위의 빈칸을 채운 대화는 남자친구가 떠나기 전날
제게 해주었던 말과 제가 했던 말이랍니다. 제 남자
친구뿐만 아니라 전국의 바다를 누비고 다니는
해기사님들, 항상 안전 운항하시고 힘내시길 바랍니다!

지구는 둥그니까 지금 함께 보는
하늘도 상대가 보는 하늘과
이어져 있을 겁니다. 비록 서로
직접 만나거나, 얼굴을 맞대고
대화하거나 포옹은 못하지만
서로를 생각하는 마음이 둥근
지구의 하늘처럼 서로에게
전해졌으면 좋겠습니다.

볼 순 없어도 우리는 서로의 항구에

단단히 정박해 있어.

전,
백
허
그
요.

영혼커피향 에러라운 숍

안녕하세요, 저희는 2년 다 되어가는 커플이에요. 저는 남자친구가 뒤에서 안아주는 걸 좋아하는데 부끄러워서 아직 한 번도 말하지 못했어요. 그래서 남자친구는 제가 등을 돌리고 있으면 은근 섭섭해합니다. 만약 이번에 사연이 당첨되면 남자친구에게 그림을 보여주면서 솔직하게 말하려고요!

기분이 좋을 때 안는 것도 좋지만 기분이 좋지 않을 때 안아주고, 안기는 것도 참 좋지 않나요? '오늘은 계속 화낼 거야!' 생각하지만 뒤에서 따뜻하게 안아오면 얼었던 마음도 사르르 녹아 내려요. 뒤를 돌아봤을 때 그녀가 배시시 웃고 있으면 나도 모르게 그만 따라 웃고 말죠.

서로 안고 있을 때

스르르 풀리는 그 마음

그걸 안다면야,

더 이상 다툴 일도 없을 거예요.

커피, 좋아하세요?

커피를 좋아하세요

오늘의 사연

Jiny 님

남자친구는 늘, 그리고 생각지 못한 때에도 고맙게 저를 칭찬해주곤 해요. 언젠가 '얼음 세 알을 띄운 따뜻한 아메리카노'를 주문해 남자친구에게 건넸죠. 커피가 아직 뜨거울 거라고 한 입도 마시지 못하길래, 날 믿고 마셔보라고 했더니 지금 바로 마시기 딱 좋은 따뜻한 온도라며 엄청 놀란 표정이었습니다. "내가 다~ 오빠 바로 마시기 딱 좋게, 응? 얼음 띄워달라고 응? 이런 여자친구가 어딨어, 그치?" 하는 제 장난스러운 말에도 연신 고개 끄덕이며 내 여자친구 센스가 역시 최고라는 남자친구가 너무 고마웠어요. 그 후로 남자친구는 따뜻한 아메리카노를 시킬 때면 항상 저 보란 듯 "얼음 세 알 추가해주세요!" 한답니다. 이 그림을 보자마자 그 일이 생각나는 걸 보니, 이때 남자친구에게 참 고마웠나 봐요.^^ 남자친구에게 더 칭찬을 해줘야 겠어요.

다 큰 어른들도 칭찬을 좋아합니다. 손가락만 구부려도 칭찬받는 아이들처럼 우리, 이쁘다 잘했다 서로 칭찬해줍시다.

너무 뜨겁지도,

차갑지도 않은,

적당히 따뜻한 너와 나를 위한

딱 그 온도 말이야.

당신은 헤어질 때
어떤 인사를 하나요?

경계에서 에피쿠스

zhrtkf* 님**

남자친구와 저는 집이 가까워서, 1년 동안 거의 매일
보다시피 했었어요. 그런데 남자친구 회사가 다른 지역으로
정해지면서 일주일에 딱 하루 보게 됐죠. 보고 싶은 걸
참는 법이 없었던 우리는 보고 싶은 마음을 눌러 담는
법을 배워야 했고, 그 와중에 작은 오해들이 쌓여 싸우기도
했었습니다. 그런 싸움들에 서로 조금 지칠 때였던 어떤
겨울, 눈이 아주 펑펑 내리고 저녁에는 비가 쏟아졌던
날이었어요. 그날 데이트를 마치고 헤어지기가 너무너무
아쉬운 거예요. 아침부터 저녁까지 거의 12시간을 붙어
있었는데도요. 애써 웃으며 '잘 가' 하고 돌아서서 차에
오르는데 버스가 골목을 돌 때까지 눈과 비를 맞으며 제가
보이지 않을 때까지 손을 흔들고 서 있는 남자친구를
보면서 버스에서 몰래 울었습니다. 그동안 조금씩 서운했던
게 어찌나 못나게 느껴졌는지… 추운데 왜 그러고
있었냐고 묻자 얼굴 보는 게 따뜻해서 하나도 안 추웠다는
이 남자에게 사랑받는 게 너무 좋습니다.

자주 갔던 대전역에서 아내와 헤어질 때 정말 힘들었던 두 가지가
있어요. 첫 번째는 우리 사이를 가로막고 있는 두꺼운 유리였죠.
말이 닿지 않아 입 모양만 보고 있으면 그렇게~ 그렇게~ 이별이 와
닿더군요. 두 번째는 기차가 출발할 때 웃는 듯 찡그린 듯 뛰어오는
아내의 모습입니다. 몇 년을 겪어도 익숙해지지 않아서 출발할 때 제발
뛰어오지 말라고 당부를 하고 탔죠. 이제는 이렇게 헤어질 일이 없지만
이따금 기차가 대전에 정차하면 그때 생각이 나곤 합니다.

헤어짐은 때로

마음을 더욱 애틋하게 합니다.

가
위

바
위

보

Holaelena 님

저희는 6살 차이가 나는 대학생과 대학원생
커플입니다. 둘 다 학생인 데다 학교 근처에
살아 캠퍼스에서 데이트할 때가 많습니다.
캠퍼스를 거닐다 계단 길을 만나면 가위바위보
내기를 하는데 그림 속 장면처럼 언제나
남자친구가 훨씬 앞서갑니다. 자꾸만 지는 게
속상하기도 하고 남자친구와 거리가 멀어지는
게 서운하기도 해 울상을 지으면 그제야
장난스레 웃으며 저에게로 와줍니다. 매일
다니는 익숙한 길이지만 남자친구와 함께인
덕분에 지루할 틈이 없네요. 내년에 같이
졸업하는데 졸업 전까지 소중한 추억 더 많이,
많이 만들고 싶어요.

예전에 아내와 용산에서 사격게임을 했던 게 떠오르네요. 저는
군대에서 총기를 다뤘으니 게임 시작 전에 먼저 아내에게 대인배다운
조언과 지적을 해주면서 점수 내기를 했습니다. 친선 게임이지만
승부욕이 올라 열심히 쏘고 있는데 처음엔 비틀거리던 아내의 점수가
점점 차오르더니 급기야 저를 넘어서더군요. 손톱만 한 100점짜리,
콩알만 한 200점짜리를 무심하게 툭툭 넘기는데 ㅋㅋ 저는 당연히
봐준 거라고 했지만, 스크래치가 난 자존심은 어쩔 수 없었습니다.
조만간 설욕전 한번 해야죠.

특별하지 않아도

너랑 노는 게

세상에서 제일 재밌어.

그
냥,

이

모

습

그

대

로.

경주기행에 얼리산 숲

처음에는 신입생과 재학생 CC로, 반년도 안
돼서 곰신과 군화로, 지금은 꽃신과 현역이자
장거리 커플로 3년이 되는 긴 기간 동안
만나고 있습니다. 저희는 연애기간과 군대를
기다렸던 기간이 거의 비슷해서 함께 보낸
시간이 만난 시간보다는 짧은 편이에요.
물론 지금도 알바에, 학업에 생각보다 많이
만나지는 못하지만, 잠깐 보는 그때라도
같이 보내는 그 시간이 너무 좋더라고요.
조금이라도 더 붙어 있고 싶고, 같이 있고
싶고요. 사실은 이제 너무 편안하기도 해서
남자친구 무릎 베고 누워 있는 것을 정말
좋아하는데 남자친구는 제가 불편할까 봐
매번 베개를 가져다줄까 물어본답니다.

20대 때는 시기를 딱 집어 말할 수 있는 때가 많죠. 대학생활, 그리고 군대
2년, 전역을 해서 사회에 나가던 때, 아 저는 결혼도 했고요. 저는 졸업을
한 후에 아내를 만나서 저의 20대의 많은 시절들, 군대 시절, 신입생
시절, 대학 시절에는 아내가 빠져 있습니다. 사연을 주신 분은 비록 항상
같이 있지는 못했지만 남자친구의 군대 2년을 생각하면 그때 기분이
같이 떠오르고, 설레던 대학교 신입생 때를 떠올리면 그 시절의 남자친구
모습도 같이 생각나겠죠? 아내의 발랄하던 어릴 적 모습들을 친구들만
알고 저만 모르다니 저는 참 억울하지 않겠어요? 아, 부럽습니다.

서로가 너무 익숙해져

편안하다면

그것만큼 특별한 경험이 없답니다.

힘든 만큼 좋은 일이 온다지요?

오늘의 사연
슬기 님

한창 불타오르는 연애 중인 200일 넘은 커플이에요. 하하. 저와 남자친구는 같은 곳에서 일하다 만났기 때문에 전 남자친구가 얼마나 힘들지 잘 알아요. 매번 안쓰러운 마음에 마사지를 해주려고 하지만…간지럼을 너무 많이 타서 실패…. 아니면 갑자기 귀와 얼굴이 빨개지면서…실패! 마사지를 받으라고! 이상한 상상하지 말고.:b!

한창 불타오르는 신혼생활 500일이 좀 넘은 커플이에요. 하하. 아내나 저나 허리를 혹사하는 직업이라 하루가 끝나갈 때 서로 허리를 주물러 주곤 합니다. 아내가 허리를 꾹꾹 누르는 만큼 반작용으로 솟아오르는 하트 비트를 꾹꾹 누르고 있답니다. 남자친구의 말씀에 십분 공감이 되네요. 하하하하.

마사지도 좋지만 하루의 피로를 없애는 건

나를 이해해주는 말 한마디.

서로의 눈을 바라본 적 있나요?

오늘의 사연
Jeonghun Yeom 님

지난겨울, 남자친구가 휴가를 나와 집에
놀러온 적이 있어요. 근데 남자친구 옷이
겨울에 입기엔 너무 얇은 거예요. 그래서
외출할 때 제 검정 체크 머플러를 목에
매줬어요. 남자친구는 절 슬쩍 봤다가,
천장을 봤다가, 헛기침을 하기도 하면서
너무 부끄러워하더라고요. 그런데 다음 날
나갈 때는 은근슬쩍 머플러를 들고 와서는
"이거 안 매줘?" 하는 데…너무 귀여웠어요.
처음 매줄 땐 아무 생각도 없었는데
남자친구 시선을 의식하고 나니까 그 순간
저도 왠지 찌릿- 하며 서로 엄청 묘한
기류가 흐르더라고요. 스킨십도 없었는데
뭔가 서로 시선만으로 엄청
찌릿- 했던 순간이 기억나요. 머플러나
넥타이를 둘러줄 때는 손을 상대방의
목 뒤로 두르게 되잖아요?
그 순간이 참 로맨틱한 것 같아요.

바쁜 삶을 살아가다 보면 서로의 눈을 마주 볼 시간조차 없죠. 사실
시간이 없는 게 아니라 삶에 치여 방법을 잠시 잊어버린 거랍니다.
방법은 생각보다 쉬워요. 지금 당장 앞에 있는 상대방의 눈을 지그시
바라보세요. 아마 찌릿- 할걸요.

눈싸움 할까요?;b

같은 곳을 바라본다는 것

오늘의 사연
박가연 님

저는 곧 1000일을 앞둔 일병 5호봉 군인의
곰신입니다. 남자친구와 전 고등학교부터
대학까지 같이 다녀서 그가 군대를 간 후의
빈자리는 말로 다 할 수 없을 만큼 컸어요.
연락이 닿지 않았던 훈련소 5주는 내가 이렇게
나약했나 싶을 정도로 울기도 많이 울고
힘들었어요. 이렇게 글을 적는 지금도 여전히
그립습니다. 제 남자친구는 누구보다 멋지게
그 의무를 다 하고 있어요. 선임, 후임들과
관계도 좋고, 운동도 열심히 하며 여러모로
잘 생활하고 있습니다. 매일 전화를 하는데
그 통화는 처음부터 끝까지 제 안부를 묻는
내용입니다. 예쁘다, 사랑한다, 보고 싶다, 라는
말도 꼭 빼먹지 않고요. 이 그림을 보고 자대로
가고 조금 후에 받았던 편지가 생각났어요.
"달을 보면 네 생각이 나. 너무 정신없고 어렵고
힘든데 같은 하늘에 같은 달을 보고 있을 거라
생각하니 별거 아닌데도 그게 또 위안이 돼.
네가 달 보는 걸 좋아하니까 나도 그냥 멍하니
봐. 우리 보름달 되면 볼 수 있으니까 조금만
참자! 근데 정말 보고 싶어 죽겠다." 편지마다
마지막에 달 그림을 그려놓았던 남자친구가
오늘따라 더 보고 싶네요.

군대 2년 동안 두 사람 모두 엄청난
노력과 희생이 필요하겠죠. 힘들고 속이
상할 때도 많을 거예요. 보이지 않는
서로를 믿고, 선명하게 와닿지 않는
서로의 일상을 이해해야겠죠. 상대방을
그리는 간절함이 서로의 마음에 닿을 수
있기를 바랍니다.

오늘도 너와 함께

같은 하늘의 달을 보고 있어.

사
랑
해.

경쟁하며 함께 클래식

오늘의 사연
Bo Kyung Shin 님

저는 현재 외국인 남자친구와 장거리 연애
중입니다. 남자친구의 나라도, 저의 나라도
아닌 곳에서 만나 2년 남짓 연애를 했고,
저의 유학생활이 끝남과 동시에 장거리
연애가 되었네요. 공항에 가서는 울지 않을 것
같았는데, 비행기 체크인을 할 때도 "사랑해",
수속 밟으러 들어가기 전까지도 계속
안아주고, 사랑한다 말해주는 그 친구 때문에
참으려 해도 눈물이 나더군요. 앞으로 우리의
관계가 어찌 될지는 모릅니다. 하지만 그가
저를 많이 사랑해줬고 여러 면에서 고마운
친구였으며, 저도 그를 많이 사랑했던 것은
변함없겠지요. 많은 말이 필요 없었습니다.
마지막까지 서로를 더 기억하려고 한 것
같아요. 그리고 마지막까지 사랑의 마음을
전했습니다.

"사랑해"라는 말을 남발하는 것은 자칫 그것의 무게를 가볍게 하는 것
같아요. 그래서 사랑한다는 말은 조심스럽게 아꼈던 마음을 힘겹게
담아내야 하는 것 같습니다. 그는 여러 번의 "사랑해"를 말했지만
한 마디 한 마디 진심을 눌러 담았던 것 같아요. 비록 만날 수 없는
거리에서 살아가게 됐지만, 그때의 진심과 기억은 둘의 거리가
무색해질 만큼 서로에게 짙게 남아 힘이 되어줄 거예요.

사랑한다는 말,

특별한 시작, 특별한 새해

남산 전망대에서 바라본

남자친구와 저는 올해 나란히 서른이
됐어요. 저희는 결혼을 포기했다고, 연애는
무슨 연애냐고 주변에 공공연히 말하던
사람들이었어요. 서로 좋아하면서도 용기를
내지 못해서 저희를 지켜보다가 복장 터진
친구들도 많았고요. 그러다가 남자친구가 먼저
다가와준 덕분에 사귀게 되었습니다. 어제는
제가 아파서 응급실에 가게 되었어요. 아픈
데다가 겁까지 덜컥 나서 불안해하는 제 곁에
남자친구가 참 듬직하게 있어주었습니다.
양팔에 주사를 꽂고 누운 제 양발을 남자친구가
가족처럼 벗겨주었습니다. 좋은 일도, 슬픈
일도 함께 나누고, 꾸밈없는 내 모습 그대로를
받아들여주는 그런 사이. 투약 동의서를 써야
한다고 무슨 사이냐고 묻는 선생님 질문에
"아직 결혼은 안 한…" 이라고 대답해서 보호자
사인할 기회를 놓친 게 못내 아쉬운지 빨리 법적
보호자가 되겠다고 하더라고요.
어느새 서른이 되었고, 사실 우리는 여전히
녹록지 않아요. 건강도, 직장도, 통장 잔고도 마음
같지 않습니다. 그래도 지금처럼 서로 손잡고,
마주 보고 밥 먹으면서 단단하게 살아가려고
합니다. 그래서 내년 연말에는 "우리 결혼 벌써
며칠 안 남았네" 하는 얘기 나누면서 또 다른
새해를 맞이하고 싶어요.

작년, 아내도 응급실에 다녀왔던 적이
있어요. 크게 아픈 건 아니었는데,
알러지가 있는 음식을 모르고 먹게
되어서 새벽에 급하게 갔었답니다.
그때 보호자 항목에 저를 적는데
혼인신고서를 적을 때보다 더 와
닿았어요. 아 저 사람이 내 아내구나.
기대고 지켜줄 수 있는 서로의 보호자가
됐구나 하고요. 이름 하나만 적으면
되는데 보호자라는 글자가 이상하게
사람을 떨리게 하더라고요.

너의

영원한

보호자가

되어줄게.

많은 사람 중에 딱 그 사람만 보이던 순간,

기억나나요?

숲 같이가요 해커지역

오늘의 사연
Rachel 님

남편과 미국에서 유학생활 하던 중에 앨버커키의 열기구 축제에
갔어요. 세계에서 제일 규모가 큰 열기구 축제예요. 제가 지내는
곳에서 차로 8시간 정도 걸렸는데 한밤중에 도착해서 몇 시간만
자고 새벽 5시에 일어나야 했던 일정이었어요. 피곤에 지쳐 화장도
못하고 머리도 못 감고…. 생각보다 추워서 옷도 예쁘게 못 입고
급하게 산 후드를 걸치고 갔답니다. 막상 사진을 찍으려고 하는데
카메라 속 제 자신이 너무 못생긴 거예요. 평생 한 번 올까 말까 한
곳인데 이렇게 못생기게 나오는 게 속상해서 남편한테 "나 너무
못 생겼어요. 어떡하지" 라고 투정을 부리는데 참 속 넓은 남편이
"내 눈엔 제일 예뻐요. 걱정 말고 우리, 예쁜 사진 많이 남겨요"라고
해주었던 게 생각나네요. 물론 사진은 지금 봐도 속상하지만…!
그림을 보는 순간 그날이 바로 생각났어요.

전 아침에 일어난
직후의 아내의 모습이
정말 사랑스러워요.
물론 밤새 뒤척여서
머리도 헝클어지고
부스스한 모습이지만
같이 사는 사람만이
볼 수 있는 특별한
모습이잖아요?:b

너만 보인단 말이야.

정오의 라디오

바쁘고 벅찬 시간을 당신과 함께

우
리

같
이

살
까
?

오늘의 사연

김신아 님

길다면 길고, 짧다면 짧은 2년 연애 끝에 제가 먼저
프러포즈를 했어요. 오래전부터 오빠 동생 사이로 지내다
연인이 된 케이스라 결혼이라는 말이 아직은 로맨틱하다거나
크게 와 닿지는 않지만, 둘이 만난 지 2주년 기념으로 방콕을
다녀왔어요. 맥주를 한 잔씩 손에 들고 노을 지는 모습을
보고 딱 떠오르는 말은 "우리 결혼할래?" 였어요. 남편이 될
남자친구는 당연하다는 듯 좋은 생각인 것 같다고 대답을
했고요. 어쩌면 별 볼일 없는 프러포즈지만 둘만의 공간에서
둘만의 방식으로 평생을 약속해서 기억에 오래 남아요. 다음
달이면 벌써 결혼식이네요.

붉은 노을과 황금빛 맥주,
당신이라는 빛으로 물든
곳에서 프러포즈라니 이건
반칙입니다. 같이 한곳을
바라보는 건 꽤 멋지고
특별한 일 같아요. 눈앞에
보이는 곳을 바라보는 것도,
앞으로의 시간을 바라보는
것도요. 사연이 모여 책이 나올
때쯤이면 두 분 행복한 신혼을
즐기고 계시겠네요! 이번
빈칸은 멜로망스와 함께해서
그런지 굉장히 많은 분들이
참여해주셨어요. 멜로망스
님들, 사연에 선정되신 김신아
님께 한마디 부탁드려요.

두 분만의 방식으로 결혼을 약속한
만큼 앞으로도 두 분만이 할 수 있는
사랑 마음껏 해나가셨으면 좋겠어요.

당신이라는 빛으로 물들고 싶어.

누군가에게 가만히
어깨를 내어준 적 있나요?

오늘의 사연

지연 님

자존감 낮고 사방이 막힌 세상에 살고 있던 저에게
끊임없이 벽을 두들겨 옆에 앉아준 남자친구는
저에게 항상 힘이 되어주었어요. 이제는 취업
준비로 힘들어하는 남자친구에게 내가 옆에서 늘
응원한다고, 앞이 답답해 보여도 함께라면 괜찮을
거라고 말해주고 싶어요.

DJ
grim_b

마차를 끄는 말들을 보면 옆을 보지
못하게 안대를 씌워 놓았습니다.
그런 말들처럼 저는 스스로 안대를
쓰고 있었던 것 같아요. 옆을 볼 시간
따위는 없고, 잠시 앉아 뒤를 돌아볼
생각도 하지 못했어요. 아내는 제게
그런 안대를 벗겨준 사람이에요.
달려가다가도 잠시 멈춰서 쉬는
법도 가르쳐 주었고, 가만히 누워서
하늘을 보는 행복을 가르쳐 준
사람입니다. 글로만 어렴풋이
그려보던 행복이 아니라 행복을
즐길 수 있게 되어서 다행이에요.
나중에 아이가 생기면 행복을
즐기는 법부터 조기교육 해주고
싶어요. 엄마를 보니 그 재능 하나는
뛰어날 것 같네요. 우리의 아기는
온통 세상을 즐기며 살아가기를. :)

이 벽처럼
꽉 막혀버린 것
같아···

뒤를 돌아봐.
내가 짜잔-하고
언제든 있어줄게.

'쉼'을 알려주는 것만큼

큰 사랑도 없답니다.

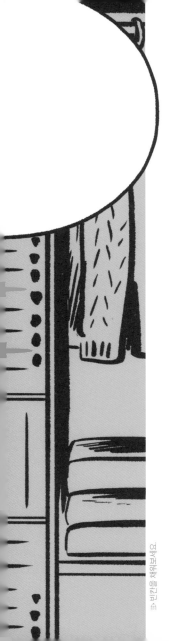

슈 빈칸을 채워보세요

우린 앞으로 어떻게 될까요?

오늘의 사연
민앵 님

저희는 10년을 친한 선후배로만
지내다가 어느 날 갑자기 연인이
되었어요. 이제는 결혼한 지 3년이나
된 부부이지만 아직도 가끔 사소한
일상에서 우리가 부부인 게 웃기고
신기하기만 하네요. 언제까지 문득문득
이런 느낌일지 모르겠습니다. 사람
인연은 정말 아무도 모르는 거예요.

저도 아침에 아내가 출근을 하고 나면 요상한 느낌이 들곤 해요.
우리가 결혼한 게 맞나? 내가 언제 결혼한 거지? 하면서요. 저는
연애할 때도 종일 집에서 작업했고, 사실 결혼 후에도 생활 패턴이
똑같거든요. 그런데 달라진 게 하나 있다면 매일 저녁 아내가 제가
있는 곳으로 돌아온다는 거죠. 우리의 집으로요.
야호, 우리가 결혼했다니!

이제 저녁마다

아쉬운 마음으로 헤어지지 않아도 된다는 것.

상대가 옆에 없을 때
그 사람이 더 생각나죠?

오늘의 사연
로혁 님

여자친구는 항상 저보다 먼저 일어나요. 아침에
눈을 뜨면 제 옆자리는 거의 텅 비어 있어요.
여자친구는 샤워를 하거나, 청소를 하거나 늘
무언가를 하고 있어요. 그래서 장난으로, 나중에
너 결혼해서 같이 살면, 난 네가 출근하는 것도
못 보고 밤에 퇴근 때나 겨우 볼 수 있을 거라고
우스갯소리로 말하곤 했어요. 그런데 정말
결혼하면 분명 평소보다 여자친구가 없는 침대
옆자리가 더 그리울 것 같아요.

저는 아내가 잠이 많아서 주말 아침은
아내가 잠을 자는 모습을 지켜볼 기회가
많아요. 쿡쿡 찔러도 모르는 아내는
이름을 부르면 잠결에 "응?" 대답만 하고
또 쿨쿨 자는 능력자입니다. 그런 귀여운
모습을 보면 도저히 깨울 수가 없어요.
아마 여자친구가 로혁 님을 깨울 수 없는
이유도 그런 것 아닐까요?

너와 느긋하게

아침을 바라보고 싶어.

어떤 사진을 보관하고 있나요?

오늘의 사연
Yunny_ 님

안녕하세요? 23살 평범한 대학생이에요! 제가
어릴 때 부모님은 결혼 일주년 기념으로 가족끼리
텐트를 가지고 강가로 놀러를 갔다고 해요. 이제
막 돌도 안 지난 저와 엄마가 텐트에서 곤히 자고
있는데, 갑자기 비가 엄청 내렸대요. 아버지는
가족들을 지키려고 밤새 텐트 주위를 삽으로 팠다고
하더라고요. 그날 저를 안고 있는 사진 속 아버지의
표정은 정말 힘들어 보인답니다. 이따금 가족이
모일 때 부모님이 모아두신 가족사진을 모두 함께
연례행사처럼 봐요. 그럴 때면 가슴이 참 뭉클하죠.
언젠가 저도 가정을 꾸리게 되면 그런 소중한
순간들이 담긴 사진을 제 아이에게 전해주고 싶어요.

제 중학교 친구 중에 성모라는 친구가
있어요. 그 친구는 흑백 휴대폰이
나오던 시절, 똑딱이 카메라를
들고 다녔어요. 꾸준히 친구들의
모습을 사진으로 남긴 성모 덕분에
우린 추억을 간직할 수 있게 됐죠.
친구들끼리 추억 이야기를 나눌 때면
성모는 그 시절의 사진을 갑자기 툭,
꺼내어 보여주곤 합니다. 싱겁지만
묵직한 그 친구의 마음이 너무나
따뜻하죠.

함께 나누었던 시간을

함께 확인할 수 있다는 것도 어쩌면,

정말 행운이지.

고백, 해본 적 있나요?

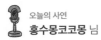
오늘의 사연
홍수몽코코몽 님

저희는 남자친구가 외국에 있을 때
사귀게 됐어요. 친한 친구 사이였던 그와
평소처럼 전화하던 어느 날, 그가 갑자기
웃으면서 "수현아 우리 사귈래?"라고
말했어요. 외국에 막 도착해서 전화로
전하는 고백이라니… 서로 한참을
웃었어요. 저는 그 순간을 잊지 못해요.
절친한 친구와 연인 사이, 아슬아슬한
경계를 걷던 우리가 비로소 연인이
되었으니까요. 남자친구는 예전부터
좋아하는 마음이 있었지만 친구라는
관계마저 잃을까 봐 두려웠대요. 그러다
문득 지금 아니면 영영 사랑한다는 말을
못 할 것 같았대요. 그렇게 우리는 사귀게
되었습니다.

사랑에는 작은 용기가 필요한 것 같아요. 지금 제 글을 보시는 분도
그런 마음이 있다면 당신의 감정을 믿고 작은 용기를 내보시는
건 어떨까요? 그 시도가 놀랍도록 가슴 벅찬 새로운 시작일지도
모르니까요!

망설이지 마세요.

뭐 어때요. 딱 한 번 용기내 보는 건데.

간
질
간
질

남자친구는 간지러운 말을 참 잘합니다. "너라서 예쁜 것 같다." "넌 귀여우니 뭐든 잘 어울린다." 그냥 하는 말이겠거니 해서 그런 칭찬에는 딱히 설레지 않지만, 어느 날 "그런 (느끼한) 말은 어디서 배우는 거야~?" 했더니 "그냥 널 보면 드는 생각을 말하는 건데?" 하고 담담하게 말해서 심쿵했어요. 이런 담담하고 뻔뻔한 고백. 많이 설레어요.

연애를 처음 시작할 때 아내가 힘들어하던 것이 하나 있어요. 제가 조금만 느끼한 말을 하면 간질간질 오글거려서 들을 수가 없다는 겁니다. 제 딴에는 속에서 생각나는 말을 하는 건데 그렇게 말을 들으니 서운하기도 했죠^^. 시간이 지나고 어느새 같이 자고 일어나는 것이 일상이 된 지금은 그것에 꽤 면역이 됐나 봐요. "요즘은 왜 오글거리는 말 안 해줘?" "예전처럼 한 번 해봐" 하며 허세를 부립니다. 하지만 제 한마디면 금세 "으윽…!" 하며 참지 못하고 베개에 얼굴을 파묻는답니다.

우리끼리라 할 수 있는

그런 말 있죠?^^

너라서
너니까
늘 이렇게.

사진첩에 작년 여름에 찍힌 똑같은 포즈의 사진이 있어요. 물놀이 마치고 운동화가 잘 안 신겨진다는 말을 들은 남자친구가 서슴없이 앉아 운동화 끈을 매줬어요. 운동화 끈을 매주는 남자친구가 너무 든든하고 고마워서 문득 시간이 지나도 이렇게 해줄 거냐고 물어봤어요. 당연하다고 이야기해주는 남자친구 대답에 괜히 좋아서 마무리는 물장구 한 번 더 치고 끝냈어요ㅋㅋ!

아내와 결혼을 결심했던 이유 중 하나가 이 사람은 수십 년이 지나도 한결같을 거라는 확신이 있었기 때문이에요. 연애를 시작했을 때, 아내는 무뚝뚝하다 싶을 정도로 애정표현이 없었습니다. 지금도 그때와 똑같이 애정표현은 제 몫입니다. 표현에는 서툴지만 아내는 언제나 저를 사랑하고 있다는 확신을 줘요. 자신이 할 수 없는 일은 딱 잘라 못한다 하지만 자신이 할 수 있는 내에서는 최선을 다해서 사랑해주고 있어요. 그것만으로도 충분합니다.

너만

있으면

충분해.

첫
사
랑

웹툰으로 떠나는 힐링여행

오늘의 사연
한새 님

저희는 동갑내기 고3 커플입니다. 서로 제일
바쁜 시기에 만나기도 했고, 다른 학교라서
자주는 못 보지만 월요일이면 빠짐없이
남자친구가 학교 정문 앞에 서서 늘 기다리고
있어요. 다툰 날이라도 월요일에는 한결같이 그
자리에 서서 기다리고 있는 남자친구를 보며
저는 항상 보러 와줘서 고맙다는 말을 잊지
않아요. 그럴 때면 남자친구는 "이게 내 행복인
걸"이라는 대답과 함께 꼬옥 안아줍니다.
그 덕분에 수험생에게 월요일이란 힘겨운
하루의 시작이지만 저에게는 월요일이 일주일
중 유독 기다려지는 하루가 되었답니다. 표현이
서툴러 내 마음을 잘 표현하진 못해도 이 말은
우리가 함께할 모든 월요일마다 잊지 않고
말해줄게 오늘도 사랑해.

아내에게 사연을 보여주며 얘기했어요. "나도 고등학교 때 연애해볼
걸. 감성이 폭발하던 그 시절에 사랑을 하면 어떤 느낌일까?" / "그럼
해보지 그랬어." / "내가 남고를 나와서." / "나도 여고 나왔는데
하는 애들은 다 해. 오빠는 못한 거지 뭐." / "아닌데!! 안 한 건데!!"
학창시절 생각만 하면 괜히 아쉬워요. 학원 가지 말고 운동도 하고,
친구도 많이 만들고, 신나게 연애도 해볼 걸. 그때가 아니면 하지
못하는 것이 있어요. 공부도, 연애도, 우리 모두 하고 싶은 거 하자고요.

다들 어릴 때

연애는 아니더라도

사랑은 해봤을걸요?

설레고, 가슴 졸이고,

또 펑펑 울기도 하는.

언제가 가장 긴장되던가요? >.<

남자친구가 두 시간 거리에 사는데도 매번 절
데려다주고, 그것도 헤어질 때면 너무 아쉬워서
동네 공원에 앉아 얘기하거나 산책하고
아이스크림 먹고 그래요. 장난으로 "여기 우리
엄마 산책 올 수도 있어~!" 이러는데 그때마다
긴장하는 남자친구가 너무 귀여워요. ㅋㅋ
후, 사실 내일 남자친구 가족들하고 처음 밥
먹기로 했는데 설레어서인지, 긴장이 되는지
여튼 잠이 안 와서 예뻐 보이려고 팩을 얼굴에
붙이고 폰을 만지며 누워 있는데 이 그림이 딱
우리 동네 벤치, 그 공원, 남자친구! 그냥 모든 게
저와 남자친구의 모습이었어요. 저 자세로 앉아서
산책하는 동네 주민들 눈치 보며 몰래 뽀뽀도
하고, 안기도 하고, 어깨동무도 하고 그런답니다.
쓰다 보니 또 보고 싶네요. 흐엌 부끄럽다!

결혼 전, 아내의 부모님을 뵈러 갈 때마다 어찌나 긴장되던지 같이 식사를 하면 밥이
코로 넘어가는지, 입으로 넘어가는지도 모를 정도였어요. 젓가락질도 어설퍼서 모두
제 젓가락만 쳐다보는 것만 같았죠. 평소에 밥보다 반찬을 많이 먹는데 밥을 산처럼
고봉을 쌓아 주셨어요. 겨우겨우 한 그릇을 비웠는데 장모님이 "아이고, 잘 먹네~ 더
먹어" 하시니 저도 모르게 "한 그릇 더 주세요!"를 외쳐버렸습니다. 지금은 제가 밥을
많이 안 먹는 줄 아시고 조금만 주시지만, 그래도 늘 처가만 가면 사위 사랑으로 배가
빵빵하게 돌아온답니다.

너를 세상에 있게 한 분들께

늘 감사해.

오늘 힘든 일 있었어?

오늘의 사연
Veronica 님

"간식 먹고 싶어"라는 말에 항상 바로 나와
주는 남자친구. 힘들고 속상한 날엔 당
충전이라도 하려고 편의점에서 달달한
음식만 잔뜩 골라오는 저를 바라보다 그
어느 때보다 따뜻한 목소리로 "오늘 힘든
일 있었어?" 하며 걱정스레 물어봐주는
남자친구의 말 한마디에 속상했던 마음은
순식간에 다 풀려버려요. 3년 연애하는
동안 아주 작은 일에도 쉽게 속상해
하고, 스트레스 받는 저를 알아주고
항상 진심으로 다독여주고 응원해주는
남자친구의 소중함을 또 한 번 느끼네요.

역시 힘들 때 가장 필요한 것은
당 충전도 알코올 충전도 아닌,
따뜻한 말 한마디인가 봐요.

넌 나의

캔디.

괜히 잘해주고 싶은 사람이 있나요?

오늘의 사연
Sean 님

이제 막 누군가를 좋아하기 시작한
남자입니다. 저는 이 사람을 좋아하니까
뭐든 해주고 싶은데, 이 사람은 왜
자기한테 이렇게 잘 해주냐며 늘 저에게
물어보곤 합니다. 지금까지 이렇게 해준
사람이 없어서 너무 이상하다고….
그럴 때마다 '좋아하니까'라고 당당하게
말해주고 싶지만, 사람의 말이 얼마나
가벼운지를 알고 나니 말보단 행동으로
보여주고 싶어서, 말이 앞서서 상처 주고
싶진 않아서, 말로 백번 사랑한다 하는 게
아닌, 정말 사랑받는 기분이 들게 해주고
싶다는 생각을 합니다. 내가 이러는 건 잘
해주는 게 아니라, 너를 좋아해서 그런
거라는 거, 언젠가 그 사람이 알게 되는
날이 오겠죠?

가장 에너지가 넘치는 연애 초기시군요! 상대방의 머리카락 한 올도
빛나고 특별해 보이는 때죠. 사랑은 좋은 것 같아요. 받아도 좋고, 줘도
좋으니까요. 좋은 것이니 사이좋게 나눠서 주고받으셨으면 좋겠습니다.
사랑받으시는 분은 좋겠어요. 사랑을 주시는 분도 참 좋겠습니다.

부럽다.

특별한 선물을 나눈 적이 있나요?

 오늘의 사연
김소연 님

저는 원래 표현을 잘 못하는 성격이에요.
그래서 남자친구가 저에게 선물을 줄 때면
속으론 너무 기뻐서 눈물이 날 정도인데
겉으로는 그만큼의 고마움을 표현하는
게 참 어렵더라고요. 그럴 때마다 저는
남자친구에게 "예쁘지? 내 남자친구가
사줬어" 라는 말을 몇 번씩이나 하곤 해요.
제가 해주는 그 말에 어떤 의미가 담겨
있는지, 얼마나 고마움을 표현하고 싶어
하는지 아는 남자친구는 그저 머리를
쓰다듬어줍니다. 표현이 서툰 저에게 늘
사랑한다 말해주는 남자친구에게 고맙고,
사랑한다고 전하고 싶어요.

 남자친구도 다 알고 있을 거예요. 좋아하는 사람 표정만 봐도,
이 사람이 정말 기뻐하고 있는지, 그렇지 않은지 일부러 말하지
않아도 다 알 수 있거든요. 그래도 가끔은 직접적으로 표현도
해보세요. 생각지 못한 선물에 상대방은 더 크게 기뻐할걸요?

말하지 않아도

알아요.

그 사람만의 향기가 있나요?

오늘의 사연
이선아 님

그림을 보자마자 남자친구와 제가 항상 하는
대화가 생각났어요. 남자친구는 특정한 냄새가
없는 사람이었는데요. 어느 순간부터 이 사람만의
살냄새가 나더라고요. 포옹할 때마다 이 사람
냄새를 맡을 때면 마음이 너무 편안해져요. 분명
처음이나 지금도 살냄새는 같았을 텐데 말이죠?
남자친구의 옷에 가만히 코를 대고 있으면 그
어떤 때보다도 마음이 편안해져요.

예전에 일 때문에 아내와 잠깐 떨어져
살 때가 있었어요. 빨래를 하려고 하는데
주말에 아내가 벗어두고 간 베이지색
스웨터가 눈에 들어왔어요. 희미하지만
스웨터에서는 아내의 냄새가 났어요.
빨기가 아까워 한참 동안이나 스웨터를
안고 있었어요. 이제는 우리 집 사방
천지에 아내의 냄새가 묻어 있어서 그럴
걱정은 없어졌답니다.^^

네 살냄새까지
너무 좋아.

너
만
보
면

남들처럼 사연도 없고 그렇지만
그냥 저희 커플이 일상에서 하는
말이에요. "안 돼"라고 여자 친구
장난쳐도 이쁜 내 여자 친구
볼따구니에 뽀뽀하기. 어차피 내
맘인 걸. 이렇게 토실토실 이쁜데
어떻게 뽀뽀를 안 해.

공개하기는 아깝지만 제가 방법 하나를 알려드릴게요. 먼저 눈싸움을
몇 번 합니다. 둘째, 눈을 감고 다시 합니다. 셋째, 숫자를 세고 눈을 뜨는
걸로 말해요. 넷째, 상대방이 눈을 감으면 때를 봐서. 마지막으로 쪽, 아내와
처음 입을 맞출 때 써먹었었죠. 저는 대성공. 과연 여러분은?

뽀뽀하고 싶어져.

그냥 안고만 있어도 좋다고요?

한참 타오르는ㅋㅋ 시기의
커플입니다. 저희는 곧 결혼을
앞두고 있어요. 사실 둘 다 탈의하고
자는 걸 선호하고, 잠을 자기 전에
치르는 의식도 있어서…;b
굳이 잠옷이 필요가 없네요? 하하

날도 쌀쌀해졌고 해서 따-땃한 사연으로 골라봤어요(뜨거운 건가) 옷을 안 입으면
추워야 하는데 오히려 따뜻해지는 이유는 말하지 않아도 될 것 같습니다. 흠흠. 다른
이유 때문은 아니지만 흠흠 저도 상의는 벗고 자는 걸 좋아해요. 맨살이 부드러운
이불에 닿는 걸 좋아해서요. 손발이 차가워지는 겨울이 늦게 왔으면 좋겠어요.

늘 서로에게 뜨거운 감정을 느끼나요?

그럼 행복하겠네요.

지금은 편안한 감정이 더 많이 느껴진다고요?

그럼 행복하겠네요. ^^

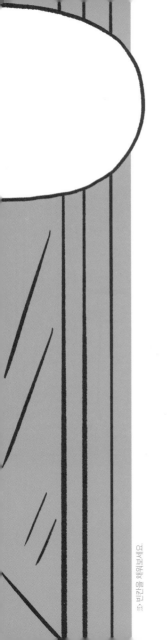

슈, 빈칸을 채워보세요

너무나 일상적인,

그래서 더 일상적이지 않은

오늘의 사연
이슬기 님

남자친구와 저는 비행기로 10시간을 가야
하는 거리의 롱디 커플이에요. 오빠는
외국에서 오랫동안 혼자 지내왔기 때문에,
함께할 사람에 대한 로망(?) 같은 게 많은
사람이에요. 현재는 함께 많은 걸 할 수 없는
저희이기에 훗날 함께할 날을 꿈꾸며 한
번씩 이런 대화를 나누곤 해요.
'떨어져 있는 일상시간에 카톡으로 저녁
메뉴 정하고 마트에서 같이 장 보고
들어오기' '회사 점심시간에 오빠가
찾아와서 같이 점심 먹기' '자려고 누웠다가
갑자기 산책하기' '좋아하는 카페에 가서 말
없이 책 보고 음악 듣기'.
떨어져 있는 시간만큼 뭐든 함께 하고파
하는 우리라면 어떤 이야기를 나눌까
생각해 봤답니다.

우리는 쉽게 행복에 적응하는 것 같아요. 그저 함께할 수 있다는 것이
얼마나 큰 행복인지 잊고 말죠. 우리는 살아가기 위한 삶 말고도
살아가는 순간을 품으려고 노력해야 해요.

우리의 짧은 시간,

오래오래 반복해서 재생할 거야.

윤소정 님

남자친구는 경상도 남자예요. '응' '아니'만 말할
줄 아는 무뚝뚝한 남자라 속으로 '아이고 이렇게
무뚝뚝해서 얘랑 사귀는 사람은 어떻게 해?'라고
생각했었답니다. 그 사람이 바로 제가 될 줄은
꿈에도 모르고요! 3년 가까이 사귀고 있는 지금,
처음에 걱정했던 것이 무색할 만큼 표현도 너무
잘하고 사랑을 퍼부어줘요. 남자친구 지인들이
저와 있을 때의 그를 본다면 모두 깜짝 놀랄 정도로
말이에요. 조금 서툴러도 제가 사랑받아 행복하다면
그걸로 충분히 행복한 연애가 아닐까요?

 DI grim_b

저도 그렇게 생각해요. 남들이
연애하는 방식에, 사는 방식에 휘둘릴
필요 없어요. 둘 사이 일이니까요.
상황도, 성향도, 사람도 다른걸요.
남들 보기 좋은 연애가 아니라
우리가, 내가 좋은 연애를 해야 하는
것 같아요. 다만 글과 말로는 부족할
수 있는 서로의 마음을 헤아리고
이해하는 데 노력해야 해요.

우리만 좋으면 돼.

화장실 누가 먼저 쓰나요?

오늘의 사연
j_j님

추위를 많이 타는 편이라 냉기가
도는 아침 화장실을 누가 먼저
쓸지 매일 전쟁입니다.

그러고 보니 저는 온기로 가득한 화장실만
썼어요. 일찍 출근하는 아내는 저보다 항상 먼저
썼었거든요. 책임감이 뭔지 주말엔 그렇게 깨워도
못 일어나던 사람이 알람 소리에 바로 일어나 출근
준비를 하죠. 냉기가 도는 아침 화장실을 매일
온기로 채워줬던 걸 몰라줘서 미안하네요.

우리의 공간을

우리의 체취와 시간으로 가득 채우기.

잠들기 전

어떤 인사를 하나요?

오늘의 사연
chyun* 님

안녕하세요. 저는 그냥 아주 평범하게
좋아하는 사람이 있는 남자입니다. 예전에
그 사람과 주고받았던 말들이 생각나서
적어봅니다. 서로 아주 먼 거리에 있어도 그날
얼굴 볼 수 있다는 생각에, 만나서 오래 있지
못해도 그 짧은 순간이 너무 좋더라고요.
그래서 장거리 연애 하시는 분들을 보면
대단하다는 생각과 동시에 공감도 많이
됐습니다. 지금 글 쓰면서도 엄청 보고 싶네요.

저는 7년 전 우리가 나누었던 대화를
가지고 있어요. 다음 날 출근은 생각도
없는 사람처럼 새벽까지 얘기를 하다
그것으로 부족해서 얼굴도 보고 왔죠.
사람이 어떻게 그랬나 몰라요. 출근이
힘들 건 알지만 보고 싶을 땐 봐야죠.
이 시간, 이 감정은 다시 돌아오지 않을 수
있으니까요.

당신의 이야기가

작은 위로와, 따스한 응원이 되기를,

그리고 어떤 이에게는

소중한 선물이 되길 바랍니다.

저녁의 라디오

제각각이지만 각자의 색으로
빛나는 우리의 순간들

미워 죽겠지만,
미워서 또 보고 싶다고.

오늘의 사연

annika 님

남자친구가 의대생이라 한 번 만나기도 참 힘들어요. 병원 실습도 다니랴, 당직도 서랴, 말도 아니죠. 근데 이 가끔의 만남에서도 꼭 한 번은 다투게 되더라고요. 한순간도 놓치고 싶지 않은 귀한 시간이었지만 저는 아직 남자친구가 미웠고, 또 섭섭했죠. 그래도 또 손은 잡고 싶었어요. 언제 다시 만날지도 모르고, 미운 마음 한구석에서는 남자친구를 사랑하는 마음이 꿈틀거렸거든요. 그래서 저는 소심하게 말했습니다. "다섯 손가락은 다 못 주고, 오늘은 한 손가락만 잡고 있어!"

이번 그림의 사연들을 읽어보니 다들 잘 화해하는 나름의 방법을 모아둔 것 같아요. 하나하나 읽으면서 반성도 많이 하고 웃기도 많이 웃었습니다.^^ 마음을 들여다보면 겉과 속이 다를 때가 많아요. 이성보다 감정이 앞서는 것이 사랑이니 우리로선 사실 별다른 방법이 없는 것 같습니다. 미워 죽겠지만, 우리는 또 그렇게 서로를 사랑하지요. 다 사랑 때문에 일어난 일인걸요.

사랑밖에

난 몰라.

마음이 답답할 땐 어떻게 하세요?

오늘의 사연
YooN 님

취업 준비로 너무 우울해서 남자친구한테 전화를 했는데 목소리를
들자마자 뭔가 모를 서러움이 폭발해서 엉엉 울어버렸어요.
남자친구는 제게 무슨 일이 있나 싶어 달려왔는데 "ㅠㅠㅠ보고
싶어서ㅠㅠ"라는 말에 무슨 일 있는 줄 알았다며 허탈하게 웃더니
등을 토닥토닥 해줬어요. 말없이 해주는 작은 두드림이 어찌나
위로가 되던지…. 사실 남자친구도 저랑 같은 취준생인데 말이죠.
엄마와 친구들에게도 하지 못하는 이야기가 있는데 때로는
남자친구가 더 편할 때가 있기도 하네요. 걱정 말라고 토닥여주는
남자친구도 저도, 올해는 꼭 일할 수 있길!

DJ
grim_b

많이 힘드시죠. 매일
달라지는 건 없는 것 같고,
미래는 잘 보이지 않고요.
하지만 걱정마세요.
자기 자신도 모르게
당신이 원하는 방향으로
서서히, 조금씩 나아가고
있으니까요.^^ 사실, 이 말은
제가 듣고 싶은 말이기도
합니다. 복잡한 세상 속에
사느라 우린 평소에도
참 고생이 많습니다.
행복해져라, 행복해져라.
커피소년의 행복의 주문을
걸어볼까요?

괜찮아요.

하쿠나 마타타.

누군가에게 기대고 싶은 날

저는 남들에 비해 생각이 참 많은데 주로 남에게 이야기하기보다는 혼자 생각하는 편이에요. 특히 남자친구랑은 웃으며 장난치는 게 더 좋아서 진지한 얘기는 잘 안 해왔어요. 그러다 하루는 아빠 기일이었는데 집에서 아무렇지 않게 가족들과 밥을 먹고 나와서 남자친구를 만나자마자 펑펑 울어버렸어요. 그런 저를 남자친구가 계속 토닥이며 달래주었는데 진정이 된 후 제가 "사실은 하나도 안 괜찮다"고 "너무 힘들다"고 말했어요. 이런 저런 이야기를 계속 경청해주던 남자친구가 얼마나 고맙던지, 제 손을 꼭 잡아주고 안아주더니 자기가 앞으로 더 잘하겠다고 말해줬어요. 아빠가 돌아가신 지 이미 9년이나 지났는데도 기일만 되면 매년 마음이 이상한데, 그런 날 제 마음을 헤아려 줄 사람이 있다는 게, 기댈 사람이 있다는 게 너무 든든하고 좋아요.

곧 외할아버지의 기일이네요. 생전에 잘 찾아뵙지도 못했고 이렇다 할 추억도 없다고 생각했어요. 그런데 돌아가신 뒤에 나도 모르게 툭툭 할아버지와의 추억들이 떠올라요. 메뚜기를 잡아주시던, 예쁘다 토닥여 주시던 할아버지는 이제 안 계신데 말이죠. 무릇 쓰는 만큼 비워져야 하는 것이 맞는데 마음이란 것은 왜 쓰면 쓸수록 더 커져만 갈까요.

내가 늘 어깨를 빌려줄게.

너, 아니면 나는?

영재를 위한 물리학, 숲

남자친구를 군대로 떠나보내야 할 시간이
가까워지던 저의 생일날, 남자친구가 저만큼
커다란 곰 인형을 선물해줬어요. 자기를 곰돌이
인형이라고 생각하라는 남자친구 앞에서
저는 눈물을 보였어요. 매일 함께 잠들고 눈을
떴던 기억이 가득한 남자친구의 자리를 말도
못하는 인형이 대신할 수 없다고 생각하니
눈물이 나오더라고요. 그렇게 반년이 지난 지금
남자친구는 아직 제 곁에 없지만, 곰 인형을
안을 때면 남자친구가 마치 제 곁에 있는
기분이라 매일 편안하게 잠들고 있습니다.

저는 혼자 있는 걸 좋아하는데도 가끔 텅
빈 방에 말을 하고 움직이는 존재가 나
혼자라는 사실이 사무칠 때가 있었어요.
형체가 있어 만질 수 있고, 의지가 있어
말을 하는 존재가 주는 위로는 생각보다
아주 크더라고요. 하물며 사랑하는
사람이 있던 자리가 비어 버리면 그
공백은 훨씬 크게 다가올 것 같아요.
혼자일 때보다 마음을 나눌 사람이 있고,
그 사람이 없을 때 더 외로움이 커지는
건, 그 사람의 존재감이 그만큼 크기
때문이죠.

누군가 대화를 나눌 사람이 있다는 건,

정말 좋은 일.

명대린을 채워하며

나이씨썸 님

평소 친하게 지내던 남자인 친구에게
고백 아닌 고백을 받았어요. 그때 남녀
사이엔 친구가 존재할 수 없다는 말이 딱
떠올랐어요. 나도 좋긴 좋은데, 이성으로
좋은 건지 친구로 좋은 건지 그리고 그
친구의 마음도 진심인지 아닌지 하나도
모르겠더라고요. 만남이 있으면 이별이 있는
법인데, 전 남친이 되는 것보단 남사친으로
남는 게 더 나을 거 같다는, 어찌 보면 제
입장만 생각하는 이기적인 생각이 자꾸만
들었어요. 그런 제 마음을 친구도 또 아는지
그 이후에도 그냥 예전처럼 친구로 지내고
있어요. 슬플 때 제일 먼저 와주고, 기쁠 때
누구보다 기뻐해주고, 모든 시간을 함께
보내준 제 친구. 영원히 서로에게 도움을
주고 함께하는 소중한 친구로 남고 싶은
최고의 친구에게 너무 고맙고 미안하네요.
같은 마음으로 보답하고 싶은데 보답해줄
수 없어서.

저도 정말 친한 이성 친구가 있어요. 그
친구와는 처음부터 스스럼없이 지냈어요.
문제는 주변 사람들의 우려였죠. 누군가 한
쪽에 호감이 더 있다면 분명 지속적으로
친구로 지내기는 좀 어려울 거예요.
하지만 좋은 친구란, 동성과 이성을 떠나
서로 함께만 해도 격려와 위로가 되는 그런
소중한 인연이 아닐까 생각합니다.

관계를 딱 잘라

말할 수 있는 것도

행복일까?

어느 비 오던 날,
우리는 무엇을 했을까?

 오늘의 사연
소연 님

태풍이 불던 어느 날 영화를
보러 갔는데 우산이 하나밖에
없어 각자 팔이 다 젖어서 걷고
있는데 뒤에서 할머니 한 분이
"다 젖는다~ 더 붙어서 가!"라고
말을 거셨어요. 저희는 서로
눈치만 보다가 남자친구가 먼저
손을 내밀어 제 어깨를 감싸는데
너무 떨리더라고요. 지금에서야
비 오는 날만 되면 "나 그때 엄청
떨렸는데~^^" 하고 자주 말하곤
해요. 그날은 서로 너무 가슴이
두근거려서 집에 도착할 때까지
서로 말을 못했거든요.

어느 무더운 여름날, 제가 시원한 물을 사왔어요. 사실은 제가
긴장하면 손에 땀이 많이 나는데 차가운 물병을 들고 있으면 티가
좀 덜 날 것 같아서요. 마음은 쿵쾅댔지만 태연하게 아내 손을 먼저
잡았습니다. 손 잡아도 되냐고 물어본다는 게, 너무 긴장해서 손을
먼저 잡고 나서야 그 말이 나오더라고요. 아내는 말없이 손을 덥석
잡았던 게 좋았다고 하더라고요. 운이 좋았죠.^^

손잡는 그 순간,

정말 떨리지 않나요?

이제는 우리가 헤어져야 할 시간

4년 차 장거리 커플입니다. 지금도 여전히
헤어지는 것은 슬퍼요. 그림을 보니 작년쯤 서울역
주차장 쪽 뒷골목에 앉아 남자친구와 헤어지기 전
수다 떨던 게 생각나네요. 서울역에서 남자친구와
함께 기차 막차시간을 기다리고 있자면, 저희와
같은 커플들이 굉장히 많아요. 짧은 시간이지만
많은 이야기를 나누고 싶어 하는, 헤어지는
에스컬레이터 앞에서 애틋한 눈빛이 오고 가는
그런 커플이 저희만 있는 게 아니더라구요.
막차가 출발하기 전 남자친구 앞에서 몇 번을
울었는지 몰라요. 그럴 때마다 남자친구는 울지
말고, 만날 때까지 잘 참고 기다리라고 말해줘요.
예전에 학교 같이 다닐 때는 집에 가는 길 인사가
"내일 봐!"였는데, 졸업을 하고 난 후엔 인사가
"다음에 봐"로 바뀐 것뿐인데 서로의 거리가 크게
느껴져서 많이 울었던 것 같아요.
지금도 여전히 집 가는 길이 많이 허하고
슬프지만 연애 초보다는 눈물이 사라졌어요!
반전인가요? 요즘은 남자친구가 왜 눈물이
사라졌냐고 마음이 변한 거냐며 농담을 하곤
합니다. 장거리 커플로 지내기가 힘들기도
하지만 서로에 대한 믿음이 크고, 마음의 거리가
가깝다면 문제 없더라고요! 모든 장거리 커플들
파이팅입니다!

다음에 만날 때까지 잘 참고 있어.

DJ grim_b

막차시간을 기다리는 커플들의 모습이
공감되네요. 기차가 출발하면 저를
포함한 몇 명은 기차를 따라 같이
뛰었는데 그 모습이 동시다발적이라서
다들 귀여웠어요. ㅎㅎ 기차가 멀어지면
사람들은 달리는 것을 멈추고, 함께
역사를 나가는 계단을 올라가게 되는데
괜히 서로에게 묘한 동질감을 느끼던
기억이 새록새록하네요.

잘 가!

우리 얼른 또 보자.

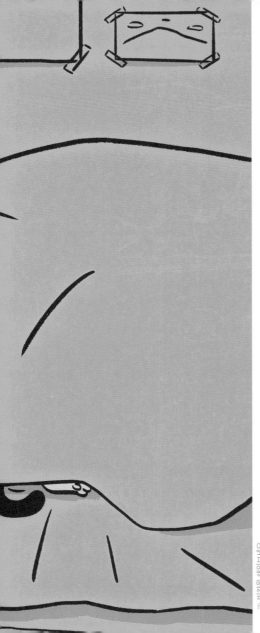

괜히 뭐하나 싶고,

늘 궁금하고,

또…

요즘 호감이 가는 사람이 생겼어요. 이런 감정은 너무 오랜만이라 조금 들떠 있습니다. 그렇지만 티 내지 않으려고 노력 중이에요. 괜히 먼저 상처받을까 봐요. 뒤만 돌아서면 그 사람이 참 궁금합니다. 어떤 것을 좋아하고 싫어하는지, 날 어떻게 생각하는지 궁금해요. 오늘 내가 한 말, 내가 한 행동들이 그에게 어떻게 다가섰는지 생각하게 됩니다. 연락을 해볼까 말까 망설여지기도 하고, 지금 뭐하고 있을지 궁금하네요. 추운 겨울, 곧 다가오는 크리스마스는 좀 더 따뜻해졌으면 좋겠어요.

아내와 처음 만날 때 카톡으로 주고받았던 대화들을 저장해서 가지고 있어요. 괜히 오글거려서 들여다보지도 못하지만 글과 사진이 한가득 저장된 폴더를 보면 우리도 시작이 있었구나, 두근두근 설레어서 잠도 설쳐가며 대화하던 때가 있었구나 하고 생각하게 됩니다. 그때의 마음은 다시 오지 않을지도 몰라요. 그래서 더욱 아름답고 오래도록 간직하고 싶은 기억입니다.

그때 그 마음이 있어서

우리가 아직까지도

함께하는 건지도 몰라,

지금은 잊었더라도.

마음이 배고플 땐
어떻게 하시나요?

오늘의 사연
김소희 님

안녕하세요! 스무 살 새내기입니당! 한 달 뒤면 헌내기가 되지만 아직까지는 파릇파릇해요. 저는 부모님한테 용돈을 받지 않기 때문에 알바를 두 개나 뜁니다! 비록 몸은 힘들고 정신도 피폐해지는 알바지만, 월급이 들어오면 눈 오는 날 강아지처럼 너무 행복해서 당장이라도 때려치우고 싶은 알바지만 그만둘 수가 없어요! 하하. 알바가 끝나고 집에 가는 버스를 타면 항상 머릿속을 배고프다는 생각으로 가득 채워요. 아무 생각도 하지 않고 있으면 현재에 대한 걱정이 너무 많이 몰려오더라고요! 몸이 안 좋으신 아빠, 군대 간 남자친구, 망한 것 같은 학점, 미래에 대한 불안감이 쉴 새 없이 몰아치면 금세 극도로 우울해져서, 그냥 좋아하는 음식들을 떠올리며 창밖을 봐요. 그러다 보면 집에 도착하죠. 비록 반겨주는 사람도 없는 집이지만 깨끗이 씻고 침대 속으로 쏙 들어가면 오늘도 무사히 끝냈구나, 내일도 이렇게만! 이라는 생각으로 하루를 마무리합니다! 모두들 힘들고 지친 하루의 마무리를 자신이 좋아하는 음식으로 채우는 것도 나쁘지 않은 것 같아요. 청춘 파이팅!

탱글탱글한 굴이 가득한 뜨끈한 굴국밥 한 그릇 사드리고 싶네요! 지친 몸 구석구석 뜨끈한 국물이 쫙 하고 퍼지면 저절로 "아, 좋다" 소리가 나와요. 맛있는 음식은 때론 마음도 가득 채워주죠. 바쁜 일상에 치여 대충 때우거나 굶을 때도 많을 거예요. 그래도 좋아하는 음식을 먹을 여유는 남겨주세요. 지쳤던 마음에서 어느새 "아, 좋다" 소리가 나올 거니까요.

우리,

오늘 맛있는 거 먹을까요?

어느 헛헛한 겨울날…

정진욱 님

우리가 사귀기 시작한 후 맞이할 첫
겨울, 난 네가 포장마차 어묵을 참
좋아한다는 것을 알았어. 항상 포장마차
옆을 지날 때면 넌 시선을 떼지 못했고,
어묵을 먹을 때면 늘 양 볼이 미어지게
먹었으니까. 지금 초장거리 커플인 우리.
한 명은 호주에, 한 명은 한국에. 한국은
많이 춥다던데 너랑 같이 포장마차에서
떡볶이랑 어묵 먹으면서 국물을 후루룩
마시고 싶다. 보고 싶어!

사람이 좋아지면 그 사람이 좋아하는 것까지도 좋아하게 되잖아요. 저는 그게 참
좋더라고요. 내가 좋아하지 않던 것이 그 사람이 좋아한다는 것 하나만으로 다시 보게
되는 것도 좋고, 서서히 나라는 캔버스에 너라는 물감이 번져가는 것도 좋고, 그렇게
서로 어우러지고 닮아가는 것도 좋고요. 음식의 맛, 보이는 풍경, 느껴지는 시간이
모두 재구성되는 것이 한 사람 때문에 일어난 일이라니 신기하지 않나요?

나에게만 준비된 선물 같아

자그마한 모든 게 커져만 가

항상 평범했던 일상도

특별해지는 이 순간

멜로망스의 '선물'

당신은 예전에 어떤 사람이었나요?

 오늘의 사연
ppol 님

그땐 10년 후가 참 멀게만 느껴졌는데,
지금은 그 10년을 훌쩍 넘겨버렸네요.
지금도 물론 좋지만 과거로 돌아갈 수
있다면 다시 교복 입고 도서관에서
친구들과 공부도 하고, 수다도 떨던 그때
그 시간으로 한 번쯤 돌아가고 싶네요.

저는 10년 전에 군인이었어요.
못 믿으시겠지만 저도 동기들,
선임들을 보러 다시 그때로
돌아가고 싶어요. 힘들었던
날들은 왜 시간이 지나면
세월들로 덧입혀져 추억할
수 있게 되는 걸까요? 그때는
나의 오늘이 10년 뒤엔 웃으며
돌아볼 날이 될 거라고 생각하며
살아갈 용기를 얻었던 걸지도
모르겠어요.

떠올리기만 해도

슬며시 입꼬리가 올라가는

추억이 있나요?

이제
어른일까요?

박세은 님

요즘 너무 지쳐 있어요. 성공해야 한다는 마음을
가져야 하는 게 너무 답답해요. 아직 나는 어른이라고
말하는 게 어색할 만큼 어린 22살이라 생각하는데
진짜 어른들은 저에게 '취업 언제 하니?' '공무원 시험
준비해' '지금이라도 간호학과 지원하는 건 어때?' 힘
빠지는 소리만 하시거든요.

저는 PD의 꿈을 꾸고 있어요. 나영석, 김태호 PD처럼
되고 싶다는 생각보다는 작은 MCN회사에서 만들고
싶은 프로그램 만드는 게 꿈이에요. 꿈보다, 행복보다
돈이 중요할까요? 그게 그렇게 힘든 일일까요? 왜
안 된다고만 생각할까요. 저는 긍정적인 사람인데
주변의 반응에 저마저도 힘이 빠져요. 그래서 요즘은
가슴이 뻥 뚫릴 만큼 시원한 곳으로 떠나고 싶어요.
답답하거나 지칠 때면 바다가 생각나요. 수능이
끝났을 때도, 멀리 떠난 촬영을 마무리할 때도 저는
바다를 찾았어요. 바다를 보면 가슴이 뻥 뚫리거든요.
갑갑한 제 속을 뚫어주기 위해 저는 올해에도 바다로
떠날 것 같아요. 그러고는 이렇게 생각할 거예요.
"끝도 안 보이는 그 꿈에 내가 닿을 수 있을까?"
당연하지. 나는 나니까.

앞뒤를 생각한다면 어른이 된
거겠죠. 무수한 책임들이 따라오는
어른들에겐 꿈이란 사치가 될
수도 있을 거예요. 하지만 꿈은
꿈을 꾸는 사람들만 이룰 수
있다고 생각합니다. 무엇이 되었든
즐겁고 행복하다면 할 수 있는
데까지 즐겨 봐요. 세은 님이
어느 순간 정신을 차렸을 때 꿈에
다다라 있길 바랄게요.

너는 너니까!

하고 싶은 것 해!

우리의 마지막은 어땠나요.

디33 님

연애는 몇 번 해봤지만 이렇게 많이 싸운 연애는 처음이었던 것 같아요. 6시간을 내리 싸운 적도 있었지만, 결국 항상 둘이서 내린 결론은 그래도 네가 좋으니 우리 조금만 더 가보자, 였어요. 사이가 좋을 때는 웃음이 멈추지 않아서, 서로가 이렇게나 좋은데 더 노력하면 결국은 잘 되지 않을까? 라는 희망으로 계속 사귀었는데 지금은 끝이 보이는 것 같아요. 조금 떨어져서 시간을 보내고 있는데 마지막을 어떻게 정리해야 할지 고민 중입니다. 우린 정말 최선을 다했지만, 여기까지인 것 같아. 정말 고마웠어.

서로가 노력했다면, 그걸로 된 겁니다. 뭐든 영원한 것은 없어요. 우리는 늘 우리가 영원하길 바라지만요.

이별도 어쩌면 당연한 것.

심야의 라디오

당신이 생각나는 밤입니다

누군가를 위해
글을 쓴 적이 있나요?

글을 쓰는 것을 좋아해서, 평소 시나 짧은 글들을 종종 끄적이곤 합니다. 그 사람을 좋아하면서부터 종종 그 사람을 떠올리며 글을 쓰곤 했는데, 이제 저의 글에는 온통 그 사람의 색깔밖에 없네요. 그 사람이 아니었으면 어쩌면 저는 글을 아예 쓰지 않는 사람이 되었을지도 모르겠습니다.

마냥 그림 그리는 게 좋았고, 즐겨 보던 만화를 그려보고 싶었어요. 사실 전공은 만화지만 이야기를 만드는 데 재능이 없는 걸 알고 만화를 그만뒀죠. 그런데 아내를 만난 후부터 제 그림에 이야기가 더해지기 시작했어요. 그 사람의 존재만으로도 그리고 싶은 것들이 끝없이 생겨났습니다. 제게 닿지 않은 것을 꿈꾸는 것은 힘들었지만, 좋아하는 것을 시작하고부터 저는 그저 행복하면 되는 것이었어요.

글을 쓸 때

행복하다면

그걸로 된 겁니다.

영화 '버킷 리스트' 중

가끔 막막한 기분이 드는 날

225

 오늘의 사연
버키베어 님

몇 년 전 일본으로 교환학생을 가게 되었습니다. 아직
고등학생이었기 때문에 여러 제약이 있기는 했지만, 좋은 경험을
많이 할 수 있었어요. 즐거운 나날이었지만 같이 기숙사를 쓰는
한국 친구들이 저를 왕따시키기 시작했고, 저는 더 이상 그곳에서
괴롭힘을 버티고 싶지 않았어요. 그러나 한국, 일본 양측의
선생님들 모두 저를 귀국시키려 하지 않더라고요. 제가 여기서
왕따를 당한 경험이 학교의 이름에 먹칠을 할 거라 생각하셨던
것 같아요. 그때는 정말 많이 울고 힘들었지만, 그 경험이 저를 더
크게 만들어준 것 같아요. 그저 잘 버텨준 저에게 고마울 뿐이죠.

혼자서 많이 힘드셨죠.
이해하고 싶지만
저는 헤아릴 수 없는
아픔이었을 거라 생각해요.
긴 시간을 버텨냈고, 또
단단해졌지만, 상처와
기억은 사라지지 않을
거라는 걸 알아요. 시간이
보듬어줘서 상처를 가릴
순 있겠지만 문득 힘들
때도 있겠죠. 다만 당신은
예전과 달라졌고 더
단단해졌어요. 앞으로도
그럴 거고요. 그 시간과
담담히 마주 바라볼 수
있는 날이 올 거예요.

언젠가는 지금의 아픔이

다 추억으로 담담하게 생각될 날이 올 거예요.

울
고

싶
은

날

 오늘의 사연
썽 님

직장에서 실수를 하고 아침부터 여기저기서 욕먹는 중에 스스로
얼마나 바보 같던지…. 눈물이 왈칵 나는데 일은 해야 해서 꾹꾹
참아내며 오전을 보냈어요. 점심에 혼자 쉬는 곳에서 도시락을
꺼내 먹으려는데 그때서야 눈물이 나더라고요. 왈칵 쏟아져
나오는 눈물을 막을 수가 없어서 겨우 눈물을 닦아내고, 그래도
밥은 먹어야지 싶어 꾸역꾸역 점심을 먹었습니다. 그게 오늘인데,
이 그림을 보자마자 제가 딱 떠오르네요. 제 자신이 너무
바보처럼 느껴지던 하루였지만, 스스로 나를 지키지 못한 게 더
바보같이 느껴진 하루였네요. 저를 좀 더 사랑해야 할 것 같아요.

자신을 사랑하는 것은 제게도
참 힘든 일이에요. 주위
사람들을 위로해줄 때는
그렇게 관대하던 제가 유독
자신에겐 그렇지 못했어요.
정해둔 목표를 조금만
벗어나도 저를 몰아붙였죠.
미래만 바라보니 쉽게
지치더군요. 그럴수록 마음을
가다듬는 일은 중요한 것
같아요. 잠시 멈춰서 내가
원하는 것, 내가 하고 싶은
것, 내 마음이 말하는 것에 귀
기울여야 해요. 저는 오늘을
살아가는 나를 조금 더 사랑해
주려고 합니다.

나는 소중하니까요.

어
머
니

빈칸을 채워보세요

오늘의 사연
wongi 님

외박 당일, 전통에 따라 번쩍번쩍하게 닦인 전투화를 신고 부대 밖으로 나가려는데 갑자기 비가 쏟아지는 게 아니겠어요? 그래도 몇 달 만의 첫 바깥공기를 마시는 터라 전투화가 진흙 범벅이 되는 건 신경도 쓰지 않고 신나게 뛰어나갔습니다. 몇 달 만에 보는 가족과 함께 밥도 먹고 미술관에도 가고 하루 종일 바쁘게 시간을 보내다가 예약한 숙소로 돌아가 아쉬운 잠을 청했지요. 그런데 자정이 넘어서 자꾸 신발장 등불이 켜졌다 꺼졌다 하더라고요. 조용히 현관 쪽으로 가봤더니 현관에선 어머니가 맨손으로 제 전투화에 묻은 진흙을 닦아내고 계셨습니다. 어두운 밤에 아들이 깰까 봐 신발장의 깜박이는 옅은 등불에 의지한 채 혹여나 선임이 광낸 전투화에 진흙 묻혀 들어가서 혼내지는 않을까, 손수건에 물을 적셔 그 더러운 것을 전부 닦아내고 계셨습니다. 순간 울컥했지만 어머니께 눈물을 보이고 싶지 않아서 조용히 이불 속으로 들어가 숨죽여 울었습니다. 아마도 제 인생에서 '사랑'을 가장 뜨겁게 느꼈던 순간이었던 것 같아요.

저는 외박 생각만 하면 죄송스러운 마음이 듭니다. 철이 너무도 없던 군인 시절, 땅 끝 멀리 사시는 부모님이 강원도 인제까지 아들 얼굴을 보려고 올라오셨어요. 바리바리 싸오신 걸 맛있게 먹고, 부모님께 안부만 전한 뒤 저는 친구와 뛰쳐나갔어요. 하고 싶은 것이 너무 많았어요. 술도 마시고 싶고, pc방에서 게임도 하고 싶었어요. 하고 싶은 걸 다 하고 보니 어느새 늦은 밤이더군요. 결국 부모님 얼굴 오래 마주 볼 시간도 없이 복귀를 해야 했어요. 그래도 싫은 내색 한 번 안 하시고 얼굴 보았으니 되었다며 보내주시던 부모님 마음을 이제는 조금 알 것 같아요. 정말 왜 그랬는지 할 수 있다면 그때 제 뒤통수를 한 대 때려주고 싶네요.

계실 때 잘하지 않으면

나중에 꼭 후회하게 된다죠.

잘,
살고
있나요?

오늘의 사연
raleshea 님

대학 입학 후 쉼 없이 아르바이트를
하는 것이 일상이었어요.
아르바이트를 마친 뒤 집으로
돌아가려고 버스 정류장에 앉아
있었는데 문득 이런 생각이
들었어요. 주위 친구들은 인턴이다
스펙 쌓기다 등 많은 일을 하는데,
내가 친구들보다 덜 치열하게 사는
것도 아닌데 왜 가끔 나만 그렇게
뒤처진 것 같은지… 힘든 하루를
마치고 집에 오는 길 그런 착잡함이
눈처럼 쌓였던 날도 있었어요. 꿈을
이룰 수 있을까 하는 생각에 매일
심란했는데 드디어 내내 꿈꾸던
아카데미에 합격해서 지금껏 일한
돈을 탈탈 털어 등록했습니다.
그곳에서도 분명 "이대로 괜찮을까,
경제적으로 빠듯하니 정말 지금 잘
해야 하는데… 실수하고 있는 건
아닐까?" 하는 고민은 반복하겠죠.
하지만 그 불안까지 제가 나아갈
길에 포함되어 있다고 생각하고
열심히 해보려고 합니다!

대체로 저의 불안은 비교를 통해서 왔던 것
같아요. 제 인생의 속도가 다른 사람과 같을 수
없는데 말이에요. 기준을 제게 맞추지 않는다면
불안은 끝이 없더라고요. 지금 제가 걷는 길은
오직 나만 걸어왔고 나만이 걸어갈 길이라서,
살아가고 이루는 방식도 다른 사람들과 다를
수밖에 없는 것 같아요. 치열한 세상 속에서
살아가는 우리를 토닥여주고 칭찬해주고 싶어요.
"오늘도 힘들었지. 지금 넌 잘 해나가고 있어."

괜찮아요.

충분히 잘하고 있어요.

나를 위한 특별한 계획이 있나요?

오늘의 사연
미래에서기다릴게 님

길지도 짧지도 않은 연애가 끝난 후, 항상 주말에는 그 아이를 만나러 나갔는데, 지금은 덩그러니 방 안에 혼자 앉아 우울해하고 있는 대학생입니다. 연애를 하기 전 주말에도 분명히 무엇인가를 했을 텐데 기억이 잘 나지 않네요. 이 무료함을 지루함을…. 항상 나의 주말은 그녀 거라고 생각했죠. 이별 후 밤에 덩그러니 앉아 있는 제 모습을 보니 "나 스스로를 돌보지 않고 너무 의지하고 기대기만 했구나" 하고 돌아보게 되더라고요. 이번 주부터는 영화도 보고, 사람도 만나고 이 슬픔을 이겨내보려고 해요. 집에 혼자 남아 있더라도 나 자신을 위해 시간을 써보려고 해요. 이렇게 또 배우고, 성장해 가는 거겠지요.

나 스스로를 돌보지 않았다는 말이 와 닿네요. 상대에게만 맞춰간다면 자신을 잃어버릴 수 있다고 생각해요. 여태 내버려뒀던 자신을 어루만지다 보면 천천히, 어느샌가 다시 혼자를 즐길 수 있을 거예요. 얼른 그럴 수 있길!

누군가를 위한 시간이 아니라

온전히

나만을 위한 시간을 가져보세요.

아름다운 이별이 과연 있을까요?

오늘의 사연
khskhs*** 님

현실 때문에 이별했던 날이 생각나네요. 이기적인
선택이었고, 아름다운 이별도 아니었죠. 그
사람과 사랑했지만 집안의 반대와 자꾸 다투게
되는 한 가지 때문에 지쳐버린 걸까요. 이런 것쯤
다 사랑으로 이겨낼 수 있어! 라고 다짐했던
게 엊그제 같은데, 그 열정들은 다 어디로 가고
결국 다가오는 건 이별의 시간과 정리해야 할
마음들이었죠. 그 사람도 알고 있었어요. 다가오는
이별을, 그리고 제 마음을. 극복할 거라고, 집안의
반대에는 지쳐서 패배하고 말았고, 끝끝내
계속 빚어오던 갈등도 해결하지 못했어요.
결국 담담히 이별을 말하던, 우리의 긴 연애에
마침표를 찍던 그날이 생각나네요. 그날 서로
많이 울고 흔들렸어요. 사랑하는데 헤어진다는 거
드라마에만 나오는 이야기고, 서로를 합리화하는
거라고 생각해왔는데 저에게도 일어날 줄
몰랐거든요. ㅎㅎ 서로 각자의 자리에서 잘
해나가고 성공하자, 하면서 마무리 지었습니다.
지금은 그와의 추억도 많이 잊혀져가네요. 세월이
그런 거겠죠. 하지만 그 사람이 정말 잘됐으면
좋겠다는 마음은 변함없어요. 오랜만에 그
사람과의 추억이 짙게 떠오르네요. 날도 너무
추운데 따뜻한 겨울 나고 있기를.

우리 이제 그만할까?

DJ
grim_b

여태 받은 많은 사연들 중에도 이렇게
현실과 주변 사람들 때문에 헤어졌다는
사연이 많았어요. 깨진 화병 조각들을
다시 이어붙인다고 완전한 화병이 되진
않는 것처럼 서로 지치고 상처받은
마음을 자꾸 이어붙이려 노력하는 것도
어쩌면 불완전하게 접착된 서로의
모습을 외면하는 것은 아닐까요?

이별은 아름답지 않지만,

그래도 우리는

또 살아가게 될 거니까요.

숲 비건을 채워주세요

앞이 막막할 때 기억나나요?

23살에 갓 신입생이 되었습니다.
부모님께서는 공무원이 최고라는 말씀을
어릴 때부터 지금까지도 제 귀에 딱지가
앉도록 해주셨어요. 공부를 잘하는 편도
아닌데 반복되는 억압과 스트레스를 받다
보니 이게 내 인생이 맞는지, 제가 원하는
게 뭔지, 제가 뭘 하고 싶은지, 제 꿈이
뭔지를 모르겠습니다. 친구들은 하나둘씩
자신의 꿈을 찾아 졸업을 하고, 취업을
하고, 각자의 꽃길을 향해 걷고 있는데,
친구들 앞에서 애써 밝은 척하며 이것도
저것도 못하고 제자리걸음만 하는 제가
너무 초라해지는 기분이 듭니다.
하루를 마치고 집에 와서 밤에 혼자
창문을 보고 있으면 깜깜한 모습이 제
모습 같아 마음속으로 '넌 커서 뭐가
될래?' '도대체 잘하는 게 뭐야' 하며
한숨만 쉬게 돼요. 그림을 보니 자존감이
바닥이라 아무에게도 고민을 말하지 못한
채 속앓이하며 멍 때리고 있는 제 모습이
보이는 것 같네요. 괜히 서러운 마음에
이렇게 한 글자, 한 글자 적고 있지만 제
진심을 처음으로 후련하게 말해 보는 것
같아서 좋네요.

후련하게 말해줘서 고마워요. 앞이 보이지
않아 막막한 그 기분은 분명 경험해보지
않으면 이해할 수 없을 거예요. 하지만 내
꿈과 내가 원하는 것을 내가 모르는 것은 어찌
보면 자연스러운 것이라 생각해요. 인생은
그걸 찾기 위한 길이기도 하니까요. 우리가
자신의 마음을 들여다보려 애쓰며 어두운
곳에서 작은 희망의 빛을 찾기 위해 발버둥
치는 것도 모두 다 과정이라고 생각합니다.
생각보다 금방 찾게 될지도 몰라요. 하지만 또
금방 의문이 들 거예요. 그렇다고 주눅 들지
마세요. 그때마다 지금처럼 잘 헤쳐나가실
거니까요. 힘내요!

힘내요!

크래커의 노래 '나는 너였다'

연애가 끝났을 때, 펑펑 울지도 않고 그냥 멍해질 때가 있어요. 나는 지금 슬픈 건가, 허무한 건가, 시원한 건가 싶을 정도로 멍한 상태요. 그런데 지나고 보면 항상 헤어짐이 힘들었던 건 함께했던 시간들, 주고받았던 마음들이 다 사라졌다는 허탈함이었던 것 같아요. 그 시간의 나의 추억과 마음을 갖고 있는 사람은 그 사람이 유일한데 그 사람이 떠나는 순간, 그 마음들은 주인을 잃으니까요.

주인을 잃은 마음들은 다 어디로 가는 걸까요. 와르르 사라지는 것일까요, 혹은 내가 볼 수 없는 아주 멀고 어두운 곳에서 평생 웅크리고 있게끔 유배를 보내는 걸지도요.

너에게 줬던

마음들을 다

돌려받고 싶은 밤이야

크래커(Cracker)의 '나는 너였다'

우린 또 앞으로 어떻게 될까요?

EYE CANDY 님

미국에서 인턴생활 하는 남친이 한국 잠시 들렀을
때의 우리 모습 같아요. 캐리어에 들어갈 거라고
찡찡거리던 저는 곧 울음이 터지고 말았죠. 벌써 세
번이나 출국했지만, 어째 보낼 때마다 늘 처음 보내는
기분일까요? 꼭 군대 세 번 보내는 기분이랄까? 이제
그 기다림의 끝이 보이네요!! 다음 주면 남친이 아예
한국으로 돌아옵니다. 1년의 우여곡절들이 생각나
괜히 울컥한 동시에 잘 견뎌준 우리가 대견스럽네요.
다가올 다음 주가 너무 설레어서 잠이 안와요!
축하해주세요!

사랑은 수천 킬로미터가 떨어진
곳에서도 서로를 느끼고, 수천 시간을
견딜 수 있게 만들어요. 사랑은 오늘을
살아갈 힘을 주고, 내일을 기대하게
만들죠. 그저 떠올리는 것만으로도
가슴이 시리게 만들기도 하고, 그저
떠올리는 것만으로도 입가에 미소가
번지게도 만듭니다. 당신에게 그는,
그에게 당신은 그런 사람입니다.

헤어짐은

만남을 의미하는 또 다른 이름.

나의 빈칸을 채워줄래요?

초판 1쇄 2018년 9월 10일

지은이 배성태

발행인 이상언
제작총괄 이정아
편집장 조한별
편집 심보경

디자인 렐리시

발행처 중앙일보플러스(주)
주소 (04517) 서울시 중구 통일로 92 에이스타워 4층
등록 2008년 1월 25일 제2014-000178호
판매 1588-0950
제작 (02) 6416-3927
홈페이지 www.joongangbooks.co.kr
네이버 포스트 post.naver.com/joongangbooks
인스타그램 www.instagram.com/j_books

© 배성태, 2018
ISBN 978-89-278-0961-6 02810